AF498993

29 janvier 1872.
Exemplaire de Beurdeley père

VENTE DES LUNDI 29, MARDI 30 ET MERCREDI 31 JANVIER 1872.

SUCCESSION

DE

Feue Mme la Comtesse de Montesquiou-Fezensac.

OBJETS D'ART
TABLEAUX
AQUARELLES

EXPOSITIONS :

PARTICULIÈRE	PUBLIQUE
Le Samedi 27 Janvier 1872.	*Le Dimanche 28 Janvier 1872*

COMMISSAIRE-PRISEUR :

Me CHARLES PILLET, rue de la Grange-Batelière, 10.

EXPERTS :

Pour les Tableaux :	*Pour les Objets d'Art :*
M. FRANCIS PETIT	M. CHARLES MANNHEIM
7, rue Saint-Georges.	7, rue Saint-Georges

CATALOGUE

DES

OBJETS D'ART

ET D'AMEUBLEMENT

Sculptures par HOUDON, CLODION, etc.; — Très-belles Pendules, grands Candélabres, Flambeaux, Bras, Chenets, etc en bronze doré du temps de Louis XVI ; Pendule en vieux Sèvres ; — Porcelaines diverses ; — Faïences ; — Bronzes d'art ; Belle Horloge Louis XIV en marqueterie ; Siéges en tapisserie ; — Beaux Meubles des époques Louis XIV, Louis XV et Louis XVI.

TRÈS-BELLES TAPISSERIES

TABLEAUX ANCIENS ET MODERNES

AQUARELLES

DÉPENDANT DE LA SUCCESSION

De feue Madame la Comtesse de Montesquiou-Fezensac

ET DONT LA VENTE AURA LIEU

HOTEL DROUOT, SALLE N° 8

Les Lundi 29, Mardi 30 et Mercredi 31 Janvier 1872

A UNE HEURE ET DEMIE

Par le ministère de Me **CHARLES PILLET**, Commissaire-Priseur,
10, rue de la Grange-Batelière.

Assisté de MM. **FRANCIS PETIT** et **CHARLES MANNHEIM**, experts,
rue Saint-Georges, 7.

Chez lesquels se distribue le présent Catalogue.

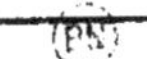

EXPOSITIONS { *PARTICULIÈRE : le Samedi* 27 *Janvier* 1872
PUBLIQUE : le Dimanche 28 *Janvier* 1872

SALLES Nos 8 ET 9, DE UNE HEURE A CINQ HEURES.

CONDITIONS DE LA VENTE

Elle sera faite au comptant.

Les adjudicataires payeront *cinq pour cent* en sus des enchères.

Paris. — Typ. Pillet fils aîné, rue des Grands-Augustins, 5.

ORDRE DES VACATIONS

Le Lundi 29 Janvier 1872

Les tableaux, aquarelles et dessins.

Les Mardi 30 et Mercredi 31 Janvier 1872

Les objets d'art et d'ameublement, les tapisseries.

N. B. — On vendra le Vendredi 2 Février, dans la salle n° 8, des dentelles, des ornements et des vêtements sacerdotaux, quelques miniatures et bijoux, des étoffes anciennes, des gravures encadrées et en feuilles, etc., dépendant de la même succession. Ces objets seront exposés le Jeudi 1er Février, dans la salle n° 8, de une heure à cinq heures.

(*Voir la notice spéciale.*)

TABLEAUX

ÉCOLE FRANÇAISE

BOUCHER

(1761)

2 — Les Confidences de l'Amour.

Une jeune fille tient sur ses genoux un jeune amour qui lui fait lire ce quatrain :

Souffrez que l'amour nous blesse.
Belle, chassez la fierté ;
Apprenez que la tendresse
Est l'âme de la beauté.

Forme ovale. Haut., 74 cent. ; larg., 64 cent.

DE MACHI

3 — Vue de Paris prise de la terrasse des Tuileries.

DROUAIS

(1772)

4 — Mère et fille.

Groupées devant une élégante toilette, la mère pose des fleurs dans les cheveux de sa fille, qui tient sur sa main une perruche.

Forme ovale. Haut., 72 cent.; larg., 57 cent.

DROUAIS

(1771)

5 — Les deux frères.

Groupés devant une table, ils jouent avec des bulles de savon.

Forme ovale. Haut., 72 cent.; larg., 57 cent.

FRAGONARD

(HONORÉ)

6 — L'Étude, tête de petite fille.

Les deux mains appuyées sur un livre ouvert devant elle, les yeux en l'air, elle semble apprendre une leçon par cœur.

Haut., 45 cent.; larg., 37 cent.

FRAGONARD

(HONORÉ)

7 — La Joie, tête de jeune fille.

Le visage souriant, coiffée de rubans et de feuilles, un fichu blanc au cou.

Haut., 45 cent.; larg., 37 cent.

PATEL

(1662)

8 — Paysage, le repos de la sainte Famille.

Haut., 26 cent.; larg., 35 cent.

ROBERT

(HUBERT)

9 — La Pièce d'eau.

Un immense jet d'eau sort d'un bassin, situé au bas d'une terrasse, dans un parc, au milieu de charmilles ornées de fontaines et de statues.

Sur la terrasse plantée d'arbres, est construit un petit pavillon.

Au premier plan, des figures autour du bassin et des fontaines.

Haut., 1 m. 63 cent.; larg., 1 m. 08 cent.

ROBERT

(HUBERT)

10 — Paysage, laveuses à une fontaine.

Des femmes sont venues puiser de l'eau et laver à une fontaine antique ornée d'une grande vasque.

Le paysage qui l'entoure est charmant de lignes et très-pittoresque.

Forme ovale dans un carré. Haut., 1 m. 35 cent.; larg., 1 m.

VOUET

(SIMON)

11 — Vierge et enfant Jésus.

VIGÉE-LEBRUN (Mme)

12 — Louise Letellier de Montmireil, comtesse de Montesquiou-Fezensac.

Forme ovale. Haut., 00 cent.; larg., 00 cent.

13 — Autre portrait de la comtesse de Montesquiou.

Pastel.

MIGNARD

(Attribué à)

14 — Anne de Souvré, marquise de Louvois.

PHILIPPE DE CHAMPAIGNE

(Attribué à)

15 — Michel Letellier, chancelier de France.

ÉCOLE FRANÇAISE

16 — Philippe duc de la Vrillière.

17 — Jean de Montesquiou-Montluc, seigneur de Balagny, Maréchal de France.

RIGAUD

(Attribué à)

18 — P. de Montesquiou, comte d'Artagnan, Maréchal de France.

19 — Portrait d'homme revêtu d'une cuirasse, les cheveux bouclés.

LARGILLIÈRE

(Attribué à)

20 — Joseph de Montesquiou, comte d'Artagnan, capitaine des mousquetaires.

ÉCOLE FRANÇAISE

21 — M. A. de Montesquiou-Fezenzac, abbé.

22 — A. P. marquis de Montesquiou-Fezensac, général en chef de l'armée des Alpes en 1792.

ÉCOLE FRANÇAISE

23 — L'Annonciation.

24 — Pavillon au milieu d'un parc.

25 — Entrée d'une grotte.

26 — Deux copies d'après Taunay.

ÉCOLES

FLAMANDE ET HOLLANDAISE

BESCHEY

27 — Le repos de la sainte Famille.

Des anges viennent apporter des fleurs et des fruits à l'enfant Jésus.

BREEMBERG

(BARTHOLOMÉ)

28 — Marché aux bestiaux à Rome.

BREYDEL

(CHARLES, dit LE CHEVALIER)

29 — Batailles.

Deux petites compositions pleines de mouvement et d'une jolie coloration.

FRANCK

30 — L'Adoration des bergers.

DE HEEM

(DAVID)

31 — Nature morte.

Des huitres, des citrons, du raisin, des mures sur une table de pierre.

Haut., 38 cent.; larg., 45 cent.

MALAINE

(LAURENT)

32 — Corbeille de fleurs sur une table de marbre.

Roses, tulipes, jasmin, pavots, etc.

33 — Corbeille de fleurs sur une table de marbre.

Roses, lilas, pavots, grenades, etc.

NETSCHER

(GASPAR)

34 — La Becquée.

Un petit garçon, vêtu du riche costume de l'époque, donne la becquée à des oiseaux enfermés dans une cage qu'il tient devant lui.

Figure à mi-corps.

Haut., 19 cent.; larg., 16 cent.

STELLA

35 — Vierge et enfant Jésus.

TENIERS

36 — Les Pèlerins.

Des pèlerins sont arrêtés au pied d'une croix, près de l'entrée d'un couvent.

Haut., 17 cent.; larg., 25 cent.

VLEUGHELS

(NICOLAS, 1730)

37 — La Présentation au temple.

ÉCOLE DE RUBENS

38 — Vierge et enfant Jésus. 60

LE GUIDE

(D'après)

39 — Mater dolorosa. 470

40 — Christ couronné d'épines.

INCONNU

41 — Christ en croix. 120

ÉCOLE MODERNE

BRASCASSAT

42 — Le puits de la ferme.

Un taureau blanc, taché de roux, vient de boire à une auge placée près d'un puits. A côté de lui, un groupe de moutons, et au loin d'autres animaux. Des bâtiments de ferme entourés d'arbres s'élèvent sur la gauche.

Haut., 62 cent.; larg., 53 cent.

BEAUVALLET

43 — Intérieur d'église.

CICERI

44 — Château.

Aquarelle.

COIGNET

(JULES)

45 — Bouquet d'arbres près d'une mare. 220

DUBOIS

(FRANÇOIS)

46 — Pâtre italien. 75

DE CŒNE

47 — Le vieux galant.

GÉRARD

(BARON)

48 — Le portrait du roi de Rome.

Répétition du portrait qui fut présenté par l'empereur à l'armée. 10,100

Forme ovale. Haut., 60 c.; larg., 49 c.

GAUTHIER

49 — Moutons au paturage.

GUILLEMIN

50 — Le vieil invalide.

OUVRIE

(JUSTIN)

— Ville de Normandie.

LEPRINCE

(XAVIER)

52 — Ruines d'un vieux château.

RICOIS

53-54-55 — Trois vues de châteaux.

56-57-58 — Trois autres vues de châteaux.

SMARGIASSI

59 — La grotte d'azur.

60 — Une ville d'Italie.

TRUCHOT

61 — Cour d'un couvent.

VERNET

(HORACE)

62 — L'Empereur Napoléon reçoit des mains de M. de Bosset, le portrait du roi de Rome peint par Gérard et le présente aux officiers de son État-Major.

Vente du baron Gérard.

Haut., 32 cent.; larg., 48 cent.

VERNET LAUZET

63 — Le troupeau.

AQUARELLES, SÉPIAS

64 — Baptiste. — Heur et malheur.

Aquarelle.

65 — Baptiste. — A midi.

Sépia.

66 — Bellangé. — La Recommandation.

Aquarelle.

67 — Bonnington. — Paysage.

Aquarelle.

68 — Bonnington. — Le Pêcheur.

Aquarelle.

69 — Bonnington. — La Tour François Ier au Havre.

Aquarelle.

70 — Bonnington. — L'Estacade.

Aquarelle.

71 — Bonnington. — Plage à marée basse.

Sépia.

72 — Bonnington. — La Côte.

Sépia.

73 — Bonnington. — Charlemagne et Hermangarde.

Aquarelle.

74 — Charlet. — G'na pus de Français !

Aquarelle.

75 — Charlet. — La Corvée.

Aquarelle.

76 — Charlet. — Marchand de légumes.

Sépia.

77 — Ciceri. — Marine.

Aquarelle.

78 — Ciceri. — Une Rue.

Sépia.

79 — Dauzats. — Ville de Normandie.

Aquarelle.

80 — Enfantin. — Vue de Suisse.

Sépia.

81 — Enfantin. — Paysage.

Sépia.

82 — Fielding (Newton). — Canards au bord de l'eau.

Aquarelle.

83 — Francia. — Plage soleil couchant.
Aquarelle.

84 — Francia. — Environs de Calais.
Aquarelle.

85 — Garneray (Louis). — Marine avec bâtiments.
Aquarelle.

86 — Garneray (Hipp.). — Port à marée basse.
Aquarelle.

87 — Géricault. — Le serment.
Lavis.

88 — Granet. — Les derniers moments.
Lavis.

89 — Gudin. — Plage à marée basse.
Aquarelle.

90 — Gudin. — Le Débarquement.
Sépia.

91 — Gudin. — Bateau pilote.
Sépia.

92 — Isabey. — Barque en détresse.
Sépia.

93 — Isabey. — Petit port normand.
Sépia.

94 — Lebas. — Paysage.

Aquarelle.

95 — Leprince. — Joueur de boules.

Lavis.

96 — Midy. — Le jour de barbe.

Aquarelle.

97 — Moreau (L.-M.). — Paysage, le petit pont.

Aquarelle.

98 — Moreau (L.-M.). — La Visite au Temple.

Aquarelle.

99 — Moreau (L.-M.). — Terrasse d'une villa.

Aquarelle.

100 — Nicolle. — Rue de Rome.

Sépia.

101 — Owen. — Marine.

Sépia.

102 — Owen. — La Sortie de port.

Aquarelle.

103 — Philastre. — Forêt.

Aquarelle.

104 — Pinelli. — Mère et enfant.

Sépia.

105 — ROBERTS. — Un Village en Normandie.
Aquarelle.

106 — ROEHN. — La Leçon d'équitation.
Aquarelle.

107 — SWEBACH. — Hussard et son cheval.
Aquarelle.

108 — VERNET (Horace). — Chien de chasse.
Sépia.

109 — VILLERET. — Vue de Paris.
Aquarelle.

110 — WATELET. — Paysage, ruines.
Aquarelle.

111 — Un album contenant cinquante-trois aquarelles et sépias, par BOILLY, BOUHOT, BOUTON, BELLANGÉ, CICERI, COLIN, DEROY, ENFANTIN, GASSIES, GRENIER, JOLY, LEPRINCE, MONNIER, NICOLLE, THOMAS, WATTIER, etc., etc.

112 — Un album contenant soixante-deux aquarelles et sépias, par BAPTISTE, CHAMPIN, FINART, JOUY, NICOLLE, ROBERT FLEURY, ROBERT, RAUCH, RENOUX, REGNIER, PERNOT, etc.

113 — Un album contenant cinquante-huit aquarelles et sépias, par ALAUX, ATOCH, BENTLEY, CICERI, COLIN, CONSTABLE, ENFANTIN, JOLY, GRENIER, LEPRINCE, NICOLLE, RENOUX, SIMÉON FORT, REYNIER, etc., etc.

114 — Un album de douze dessins, par PERNOT.

OBJETS D'ART

ET D'AMEUBLEMENT

DÉSIGNATION DES OBJETS

SCULPTURES

120 — Marbre blanc. — Charmant buste de femme grandeur deux tiers nature, en riche costume du temps de Louis XVI, sculpté par Houdon. Œuvre remarquable du maître.

121 — Terre cuite. — Belle statuette de Vestale, debout près d'un autel à trépied. Par Clodion. (Signée).

122 — Terre cuite. — Deux jolies figures de bacchantes, portant chacune un enfant sur l'épaule. Par Clodion. (Signées).

123 — Terre cuite. — Modèle du monument funéraire de *Jacques de Souvré, Marquis de Courtanvaux*, grand prieur de France, mort en 1670. Par Michel Anguier, sculpteur célèbre (mort en 1686), qui travailla à la Porte Saint-Denis.

124 — Terre cuite. — Joli buste de jeune fille, en costume Louis XVI.

125 — Marbre blanc. — Petit buste de Grétry, par Romagnesi, 1814.

126 — Bois. — Très-joli cadre du temps de Louis XVI, en bois très-finement sculpté. Il renferme un portrait dessiné à la mine de plomb.

127 — Marbre blanc. — Fragment de statuette antique.

128 — Ivoire. — Beau Christ du temps de Louis XV. Dans un cadre doré.

129 — Marbre blanc. — Figure de sainte Madeleine agenouillée.

130 — Terre cuite. — Groupe par Pinelli; femmes italiennes en prière.

BRONZES D'ART

131 — Jolie figure en bronze : Tireur d'arc; sur socle Louis XIV, en marqueterie de cuivre et corne bleue garni de bronze doré.

132 —. Statuette en bronze : Mercure, d'après Jean de Bologne; sur socle carré du temps de Louis XIV, en marqueterie de Boulle, écaille et cuivre.

133 — Deux statuettes du temps de Louis XV, en bronze : Hercule debout, sur socles modèle rocaille en bronze doré.

134 — Groupe en bronze : Marche de Sylène, sur socle rocaille en bronze doré.

135 — Figure de Minerve debout, en bronze ; sur socle carré en marbre griotte.

136 — Figure de lutteur antique, en bronze ; sur socle en marbre griotte.

137 — Petite statuette équestre d'Henri IV en bronze, sur socle en marbre.

138 — Deux médaillons ronds en bronze ; Napoléon Ier et Marie-Louise. Dans des cadres en bronze doré.

139 — Petit groupe en bronze : le baiser d'Houdon.

BRONZES D'AMEUBLEMENT

140 — Très-belle pendule du temps de Louis XVI, en marbre bleu turquin et bronze doré au mat, enrichie de deux figures de femmes en bronze vert. Mouvement de Lepaute.

141 — Deux grands et beaux candélabres du temps de Louis XVI, formés chacun d'une figure de femme de-

bout en bronze vert, reposant sur un socle cannelé en marbre bleu turquin et supportant des corbeilles d'où s'échappent trois branches à rinceaux porte-lumières en bronze doré.

142 — Deux très-beaux et grands candélabres du temps de Louis XVI, formés chacun d'une figure d'Amour debout en bronze vert reposant sur un socle en marbre bleu turquin garni de bronze doré et supportant huit branches porte-lumières à rinceaux en bronze ciselé et doré. 7680

143 — Jolie pendule à cage en bronze doré à colonnettes aux angles : Régulateur de cheminée de Ferdinand Berthoud. Époque Louis XVI. 1225

144 — Deux grands et beaux candélabres du temps de Louis XVI, formés de vases ovoïdes en albâtre oriental garnis d'anses à cariatides de syrènes en bronze doré et à trois grandes branches de lys porte-lumières également en bronze doré. 5020

145 — Jolie pendule de forme surbaissée, en bronze finement ciselé et doré. Mouvement de Lepaute. 2300

146 — Deux jolis candélabres du temps de Louis XVI, formés de vases ovoïdes en serpentine montés à anses cariatides de sphinx en bronze doré et à trois branches de lys porte-lumières. 2180

147 — Deux candélabres Louis XVI, à figures de femme en bronze vert reposant sur des socles en marbre blanc 1700

garnis de guirlandes de fleurs en bronze ciselé et doré au mat et supportant chacune trois branches à rinceaux porte-lumières.

148 — Très-grande pendule en bronze et marbre, à cadran tournant, ornée de figures en bronze vert : l'Histoire implorant le Temps de s'arrêter.

149 — Deux grands et beaux chenets du temps de Louis XV en bronze modèle à vases et guirlandes de lauriers.

150 — Joli cartel Louis XV, en bronze doré, modèle rocaille, enrichi de figures.

151 — Autre joli cartel du temps de Louis XV, en bronze doré, modèle rocaille, mais sans figures.

152 — Deux petits flambeaux en bronze doré, orné chacun d'une figure de poussah en céladon bleu turquoise.

153 — Lanterne d'escalier en bronze ciselé. Époque Louis XVI.

154 — Deux jolis flambeaux en bronze ciselé et doré. Époque Louis XIV.

155 — Deux girandoles à deux lumières, du temps de Louis XVI, en bronze ciselé et doré.

156 — Deux bras-appliques en bronze ciselé et doré, modèle rocaille à trois lumières. Époque Louis XV.

157 — Deux chenets Louis XVI, en bronze, modèle à draperies.

158 — Deux beaux chenets Louis XVI, en bronze doré à pommes unies et galeries ciselées. 480

159 — Coupe ovale en bronze vert, sur pieds en bronze doré. Travail du temps de l'Empire.

160 — Deux flambeaux du temps de Louis XVI, en bronze doré. 80

161 — Deux chenets Louis XV, en bronze doré, modèle rocaille et figures.

162 — Deux petits chenets en bronze.

163 — Deux petits bras du temps de Louis XVI, à deux lumières, en bronze doré.

164 — Pendule à cage en bois d'acajou.

165 — Petite pendule du temps de Louis XVI, en bronze doré et marbre blanc, modèle à colonnes. 130

166 — Deux feux modèle rocaille en bronze. Époque Louis XV.

167 — Petite pendule Louis XVI, en bronze et marbre à colonnes.

168 — Deux petits flambeaux Louis XVI, en bronze et marbre.

169 — Deux feux du temps de Louis XV, en bronze.

170-171 — Quatre appliques en bronze doré, avec branches en forme de cor de chasse, suspendues par des nœuds de rubans et des guirlandes de chêne. Époque Louis XVI. Elles seront vendues par paire.

172 — Pendule Louis XVI, en bronze doré au mat, avec figures bronzées et marbre vert de mer : *L'Etude*. Elle est surmontée d'un aigle.

173 — Deux bras-appliques à deux lumières en bronze doré, du temps de Louis XVI.

174-175 — Deux paires flambeaux en bronze doré, du temps de Louis XVI, avec tige entourée par trois dauphins. Ils seront vendus par paire.

176 — Deux petits flambeaux du temps de Louis XVI, en bronze doré, à pied et tige cannelés.

177 — Deux belles girandoles du temps de Louis XVI, à trois lumières, en bronze doré.

178 — Deux jolis petits candélabres formés de vases ovoïdes en spath-fluor, montés en bronze doré, à bouquets de roses à deux lumières. Époque Louis XVI.

179 — Deux jolis bras de cheminée du temps de Louis XVI, en bronze doré, à deux lumières.

180 — Deux vases Louis XVI, forme cassolette, en stuc, imitant le porphyre rouge oriental, garnis de bronzes dorés.

181 — Surtout de table du temps de l'Empire, en bronze doré au mat. Il se compose d'un plateau en bronze garni de glaces, d'une grande coupe de milieu formant candélabre, de deux autres candélabres, de deux vases et de deux coupes. .

182 — Deux œufs d'autruche, montés sur trépieds en bronze. Un autre monté sur un pied rocaille en bronze doré.

183 — Deux petits flambeaux à deux lumières en bronze doré. Époque Louis XVI.

184 — Deux autres petits flambeaux à deux lumières, modèle rocaille en bronze doré. Époque Louis XV.

FAIENCES — PORCELAINES

185 — Belle gourde en ancienne faïence de Nevers, émaillée bleu uni et à ornements gaufrés en relief. Elle a reçu sous Louis XVI une garniture de bronze doré.

186 — Charmante petite pendule du temps de Louis XVI, formée d'un vase en ancienne porcelaine de Sèvres,

pâte tendre fond gros bleu, garni de bronzes très-finement ciselés et dorés au mat.

187 — Deux petits vases, modèle litron, en porcelaine gros bleu, montés en bronze doré. Époque Louis XVI.

188 — Jolie écuelle avec couvercle et plateau en ancienne porcelaine de Saxe, décorée de fleurs et enrichie de branches de fruits en relief.

189 — Autre écuelle en vieux saxe, mais sans plateau, décor dit à l'écureuil.

190 — Cabaret en ancienne porcelaine de Saxe, décoré de paysages. Il se compose d'une théière, d'un sucrier, d'un plateau et de deux tasses.

191 — Cinq tasses en ancienne porcelaine de Sèvres, pâte tendre à décors variés. Ce lot sera divisé.

192 — Corbeille ovale en porcelaine bleue turquoise, montée en bronze doré.

192 *bis* — Boîte en bois de placage renfermant deux petits vases en ancienne porcelaine du Japon, montés en argent.

193 — Vase de forme élancée en porcelaine de Sèvres, du temps de l'Empire, décoré du portrait de l'empereur Napoléon Ier.

194 — Coq et poule en ancienne porcelaine de Chine; sur socles en bois sculpté.

195 — Deux vases de forme ovoïde, en ancienne porcelaine du Japon, à décor en camaïeu bleu sur fond blanc.

196 — Deux petites potiches en ancienne porcelaine du Japon, à décor en bleu, rouge et or.

197 — Potiche en porcelaine du Japon, à décor en camaïeu bleu.

198 — Cabaret en porcelaine de Sèvres, du temps de l'Empire, décoré de coquilles et d'ornements.

199 — Huit assiettes en ancienne porcelaine de Chine, de décors variés.

200 — Pot à eau et cuvette en porcelaine de Saxe, à décor de fleurs en bleu et or.

201 — Deux vases forme gourde en porcelaine du Japon, à décors en camaïeu bleu.

202 — Potiche en ancienne porcelaine du Japon, à décor en bleu rouge et or.

203 — Quantité de tasses et soucoupes, théières, coupes, etc., en porcelaine de Chine, de Sèvres et de Saxe, qui seront vendues par lots.

MINIATURES ET DIVERS

204 — Miniature gouachée : sainte Famille. Époque Louis XIV.

205 — Quatre miniatures gouachées représentant des sujets religieux, dans des cadres en bois sculpté et doré. Époque Louis XIV.

206 — Jolie miniature gouachée du temps de Louis XVI. Portrait de femme vue à mi-corps.

207 — Deux petits médaillons peints sur cuivre : le Christ et la Vierge ; dans des cadres carrés en bois sculpté et doré du temps de Louis XIV.

208 — Broche Louis XIII en filigrane d'or, avec rosace émaillée, grenat et perle.

209 — Dix-huit boutons en améthyste.

210 — Tonnelet en cristal de roche formant tabatière à deux tabacs et monté en vermeil.

211 — Lot de monnaies anciennes et cinq jetons en argent.

212 — Flacon en verre avec bouchon et crochet en vermeil.

213 — Trois boucles en argent.

214 — Montre en argent.

215 — Bracelet en cheveux avec fermoir en or et onyx.

216 — Manche de cachet en cristal de roche enfumé.

217 — Deux pièces en cristal de roche : bonbonnière ovale non montée et boîte à deux tabacs sans couvercle ni monture.

218 — Boîte à poudre en argent du temps de Louis XIV.

219 — Deux pièces en cristal de roche : flacon à pans gravé à figures et bonbonnière de forme contournée sans couvercle.

220 — Sabre indien, avec poignée en morse et fourreau en peau de requin garni en argent.

221 — Épée indienne.

222 — Lance indienne entièrement en fer, plaquée d'argent, doré en partie.

223 — Boîte de pistolets.

224 — Deux beaux violons d'Amati et trois archets dans une boîte en acajou.

225 — Un autre portant la signature de David.

226 — Deux obélisques, dont un en marbre rouge antique et l'autre en granit rose oriental.

227 — Deux colonnettes en albâtre orientale, garnies de bronze doré et surmontées de figurines en bronze.

228 — Deux modèles de monuments antiques à colonnettes en marbre rouge antique et en marbre blanc.

229 — Deux vases ovoïdes en porphyre de Suède.

230 — Deux vases analogues à ceux qui précèdent.

231 — Deux vases en porphyre de Suède, forme Médicis.

232 — Vase en spath-fluor garni en bronze doré.

233 — Socle en marbre vert antique garni d'une moulure en bronze doré.

234 — Deux vases en spath-fluor.

235 — Jardinière en faïence blanche et filets dorés.

236 — Presse-papier orné d'une mosaïque de Rome.

237 — Presse-papier en marbre surmonté de deux dauphins en bronze doré portant une boule de marbre.

238 — Petit obélisque en marbre rouge antique.

239 — Petite pagode chinoise en ivoire.

240 — Trois albums chinois peints sur papier de riz.

241 — Divers socles en porphyre rouge oriental, en serpentin, en marbre petit antique, etc.

242 — Lot de minéraux.

243 — Quantité d'éventails dont trois du temps de Louis XV.

244 — Coffret en agate d'Allemagne monté en cuivre.

245 — Six cuillers à café en vermeil.

246 — Deux couverts, une timbale, une cuiller à sucre, une à ragout, etc., en argent.

MEUBLES

247 — Grande et belle horloge du temps de Louis XIV, reposant sur une gaîne de même époque, en marqueterie de Boulle, et richement garnie de bronzes. Les angles de la pendule sont ornés des figures debout des quatre parties du monde.

248 — Beau meuble de salon composé de huit fauteuils en bois sculpté, doré en partie, garnis de tapisseries représentant des sujets tirés des fables de La Fontaine. Époque Louis XVI.

249 — Grand et beau bureau en laque garni de bronzes. Il est accompagné de son cartonnier surmonté d'une horloge. Époque Louis XV.

250 — Jolie commode du temps de Louis XIV en marqueterie de bois, garnie de bronzes.

251 — Beau secrétaire du temps de Louis XVI en bois noir, garni de panneaux de laque et enrichi d'ornements en bronze doré. Il repose sur quatre pieds reliés par un entrejambes.

252 — Jolie console du temps de Louis XVI en bois finement sculpté et doré, avec entrejambes surmonté d'un vase. Dessus de marbre brèche d'Alep.

253 — Joli petit secrétaire Louis XVI à porte à abattant, en bois d'acajou, sur pieds droits reliés par un entrejambes et garni de bronzes dorés. Il est enrichi d'une gorge laquée.

254 — Deux jolies tables-supports en bois noir avec moulures de bronze doré et tables de porphyre rouge oriental. Époque Louis XVI.

255 — Joli encrier du temps de Louis XIV en marqueterie de Boulle, écaille et cuivre, garni de bronzes.

256 — Encrier Louis XIV en laque, garni d'ornements rocaille en bronze doré.

257 — Très-joli encrier du temps de Louis XVI en bois noir, garni d'ornements très-fins en bronze doré.

258 — Grande bibliothèque à trois ventaux, le haut vitré et le bas à portes pleines, en bois de placage et bronzes. Époque Louis XV.

259 — Belle console du temps de Louis XIV, en bois sculpté et doré et à dessus de marbre.

260 — Deux consoles Louis XV, en bois sculpté et doré et à dessus de marbre.

261 — Deux tables à jeux en acajou et filets de cuivre.

262 — Console-étagère du temps de Louis XVI, en bois d'acajou, garnie de bronzes dorés, avec tablette d'entre-jambes et dessus de marbre blanc.

263 — Thermomètre-baromètre du temps de Louis XV, en bois sculpté et doré.

264 — Chiffonnière Louis XV, plaquée de bois de rose.

265 — Petit meuble de même époque, en bois de rose, à quatre portes dont deux vitrées.

266 — Commode de forme cintrée en marqueterie de bois à fleurs.

267 — Bureau à cylindre du temps de Louis XVI, en bois d'acajou, orné de moulures en cuivre.

268 — Commode Louis XV, en laque noir, à dessins dorés et à dessus de marbre.

269 — Autre commode Louis XV, en laque noir et décors d'or, garnie de bronzes dorés et à dessus de marbre blanc.

270 — Commode en laque noir, garnie de bronzes et à dessus de marbre brèche. Epoque Louis XV.

271 — Deux fauteuils Louis XV, en bois sculpté, couverts en tapisserie.

272 — Deux fauteuils Louis XVI, en bois sculpté et doré, garnis en damas de soie rouge.

273 — Lit en bois sculpté et doré, garni en damas de soie rouge. Epoque Louis XV.

274 — Autre lit en bois sculpté et doré, garni de rideaux en damas de soie rouge.

275 — Chaise longue du temps de Louis XVI, en bois sculpté et doré, garnie en damas de soie rouge.

276 — Bergère garnie en damas de soie jaune.

277 — Paravent en laque noir à six feuilles.

278 — Paravent en bois noir et étoffe à six feuilles.

279 — Deux paravents à trois feuilles, en bois doré et étoffe.

280 — Petit bureau-pupitre en bois noir.

281 — Lit Louis XV en bois sculpté et doré, avec baldaquin garni en soie.

282 — Commode en bois d'acajou, avec ornements de cuivre et dessus de marbre blanc.

283 — Secrétaire de même style.

284 — Deux fauteuils, une bergère et un canapé en bois sculpté, garnis de tapisserie à fleurs. Il y a en plus un morceau de tapisserie pareille.

285 — Petite commode Louis XV, fermant à une porte garnie d'un panneau de marqueterie en relief représentant Judith et Olopherne. Elle est enrichie de bronzes.

286 — Petit casier du temps de Louis XVI, en bois d'acajou, garni de moulures en bronze.

287 — Petit casier garni d'ornements en bronze doré. Epoque Louis XVI.

288 — Petite cantine japonaise en laque noir à décors d'or.

289 — Coffret en marqueterie de cuivre et étain.

290 — Très-petit socle cannelé en bois sculpté du temps de Louis XVI.

291 — Paravent en bois d'acajou, avec parties vitrées et écrans.

292 — Petit paravent en acajou.

293 — Petit bureau à écran en acajou.

294 — Table de nuit en bois de rose. Epoque Louis XV.

295 — Deux cadres longs en bois sculpté et doré du temps

de Louis XIV, renfermant des gravures et des eaux fortes.

296 — Lit du temps de Louis XV en bois sculpté.

297 — Ecran Louis XV en bois sculpté.

298 — Deux fauteuils Louis XV en bois sculpté, couverts en soie jaune.

299 — Lit Louis XV en bois sculpté et peint.

300 — Chiffonnière Louis XVI en bois d'acajou, garnie de bronzes.

301 — Bureau formant commode en bois laqué.

302 — Bergère et trois fauteuils Louis XV en bois sculpté.

303 — Commode Louis XV en marqueterie de bois et à dessus de marbre brèche.

304 — Secrétaire Louis XVI en bois de rose.

305 — Petit chiffonnier en acajou.

306 — Petit meuble en acajou garni de bronze.

307 — Fauteuil en bois peint, couvert en tapisserie.

308 — Secrétaire en marqueterie de bois. Epoque Louis XVI.

309 — Table-Tronchin en bois d'acajou.

310 — Commode Louis XV, forme dite régence, en bois de placage et garnie de bronze.

311 — Commode Louis XV, analogue à celle qui précède.

312 — Meuble de salon en bois sculpté et doré du temps de Louis XVI, couvert en velours rouge. Il se compose d'un canapé, deux bergères et quatre fauteuils.

313 — Deux petits meubles à une porte en marqueterie d'écaille et de cuivre, garnis de bronze et à dessus en granit rose d'Egypte.

314 — Deux meubles analogues à ceux qui précèdent.

315 — Grand et beau cabinet en ancien laque du Japon, à décors d'or sur fond noir. Il repose sur un socle du temps de Louis XIV en bois sculpté et doré.

316 — Table en marqueterie de cuivre, écaille et nacre sur pieds cintrés et entrejambes à X.

317 — Grand guéridon Louis XVI en bois d'acajou, sur pied à trois colonnes et garni de bronzes dorés. Signé : Raque.

318 — Petite table à ouvrage, de forme ovale, en marqueterie de bois et à dessus de marbre blanc. Epoque Louis XVI.

319 — Deux guéridons à trépieds en bois de citron et à dessus de porphyre rouge oriental.

320 — Boîte toilette en marqueterie de Chiraz.

321 — Deux jolies bibliothèques en marqueterie de cuivre sur écaille rouge garnies de bronze et à portes vitrées. Les côtés sont marquetés. Époque Louis XIV.

322 — Bibliothèque analogue à celles qui précèdent. Les côtés de celle-ci ne sont pas marquetés. Même époque.

323 — Guéridon Louis XVI en mosaïque à damier, sur trépied en bronze ciselé.

324 — Guéridon en bois de citron, avec dessus en scaliola imitant la mosaïque.

325 — Boîte étagère du temps de Louis XV en marqueterie de bois à fleurs.

326 — Table-console en bois d'acajou, garnie de bronzes et à dessus en porphyre vert oriental.

TAPISSERIES

327 — Deux grandes et belles tapisseries de Beauvais, représentant des fêtes villageoises d'après Teniers.

328 — Grande tapisserie à sujet de personnages d'après Teniers; fête champêtre.

329 — Autre belle tapisserie d'après Teniers ; marine.

330 — Grande tapisserie à sujet de chasse, avec riche bordure de fleurs, de fruits et d'ornements.

331 — Tapisserie analogue à celle qui précède.

332 — Tapisserie à sujet champêtre d'après Teniers.

333 — Trois grandes et belles tapisseries à sujets champêtres d'après Teniers. Elles pourront être vendues séparément.

334 — Deux jolies tapisseries Louis XVI, à sujets de marine, enrichies de colonnettes reliées par des festons de fleurs.

335 — Quatre grandes et belles tapisseries à sujets d'après Teniers. Elles pourront être vendues séparément.

336 — Beau médaillon ovale ; portrait d'homme du temps de Louis XIV en tapis de la Savonnerie. Dans un très-beau cadre de l'époque en bois sculpté et doré.

337 — Tapisserie *dite verdure* en deux morceaux.

338 — Autre tapisserie *dite verdure*, également en deux morceaux.

339 — Deux fragments de tapisserie *verdure*.

www.ingramcontent.com/pod-product-compliance
Ingram Content Group UK Ltd.
Pitfield, Milton Keynes, MK11 3LW, UK
UKHW020439180726
13839UKWH00004B/1563

9 782329 465715